# COPIE D'UNE LETTRE A MADAME BERTHELOT,

A Montalais, chez Madame la Comteſſe de Miſon.

*Au ſujet de la Tragédie nouvelle de* ***CHILDERIC.***

A PARIS;
Chez PRAULT pere, Quay de Gêvres, au Paradis.

M. DCC. XXXVII.

*Avec Approbation & Privilege du Roi.*

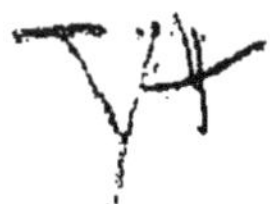

[illegible]

A

MADAME [illegible]

[illegible]

A PARIS,

Chez PRAULT père, Quay de Gêvres, au Paradis.

M. DCC. [illegible]

Avec Approbation et Privilège du Roi.

# COPIE D'UNE LETTRE A MADAME BERTHELOT;

A Montalais, chez Madame la Comteſſe de Miſon,

*Au ſujet de la Tragédie nouvelle de CHILDERIC.*

MADAME,

Ce n'eſt ni par pareſſe, ni par indifférence que je ne me ſuis pas preſſé de vous rendre compte de la nouvelle Tragédie de *Childeric.* La premiére repréſentation fut ſi tumultueuſe, & la Piece par elle-même demande tant d'attenrion, que je n'ai voulu haſarder mon jugement qu'après l'avoir vû cinq fois, & m'être mis à portée d'entendre ce qui ſe diroit de part & d'autre. J'oſe penſer que c'eſt une de ces Pieces qui gagne à être vûë, & qui, bien différente de la plûpart de celles de nos jours dont on est dégoûté de fort bonne heure, vous attache & vous intéresse encore plus quand on la revoit : on y découvre toujours plus de génie, d'invention & d'art.

Le sujet a paru d'abord très-broüillé ; il est en effet bien complexe, mais beaucoup moins que celui de tant d'autres Pieces qui sont applaudies au Théatre, (les Tragédies de *Rhadamiste & de Zénobie*, *Héraclius*, *Amasis*, *Ino & Mélicerte*, en font preuve) & il est expliqué avec autant de netteté qu'il a été possible.

La vivacité française n'a presque pas voulu écouter cette Piece, & l'a condamné d'abord sans l'entendre : ce n'est qu'à la seconde & troisiéme représentation, qu'on a commencé de rendre justice au mérite de cet ouvrage. On remarque que tous les Anglais, Allemans & autres étrangers qui voyent cette Piece, la saisissent entiérement dès le premier coup d'œil, & que les Français, seuls incapables d'attention, y trouvent des obscurités que des esprits plus rassis n'y appercevoient pas. Je vais tâcher de vous en donner l'idée, en attendant, Madame, que le grand jour de l'impression vous mette en état d'en juger par vos yeux. Je me garderois bien d'en crayonner l'esquisse, si vous êtiez de retour ici ; & votre absence me met dans l'obligation d'écrire à la personne la plus spirituelle du monde, ce qu'on pense des ouvrages d'esprit.

Je prédis d'avance à l'Auteur de Childeric, qu'il gagnera beaucoup au tribunal d'une lecture sans distraction, & qu'il ne doit pas craindre le sort de quantité de Pieces nouvelles, qui perdent dans le cabinet les trois quarts de leur mérite. Une analyse raisonnée & suivie, me guidera dans l'examen que j'entreprens : Voici comme j'ai conçû le tout & les parties.

*Sujet de la Tragédie.*

Gellon s'étant fait un parti parmi les Français, & secondé des troupes Romaines, entreprend de détrôner Childeric : en effet il y réüssit, poursuit ce Roi malheureux, fait mourir ses enfans, ses neveux, & tous ceux qui ont paru les plus zélés pour lui. Il tient ce Roi dans une étroite prison, & son épouse Basine dans un fort ; enfin, craignant toujours quelque révolution, il ordonne qu'on fasse mourir Childeric, & s'en fait apporter la tête. Le cruel n'a conservé de toute la race de Pharamond, qu'une Princesse, que l'Auteur appelle Albizinde, & qu'il dit être niéce de Childeric. Mais la Reine Basine a sauvé un de ses fils, & l'a soustrait à la fureur de Gellon. Cependant Gellon avoit deux fils jumeaux, qu'il avoit confiés à Evagès. Ce courtisan avoit feint de se ranger du parti du Tyran, quoiqu'en secret attaché à Childéric, & d'intelligence avec Basine. En effet, pour servir son véritable Roi, & assûrer du moins la couronne à son fils, Evagès met le fils de Childeric à la place du fils aîné de Gellon. Le Tyran s'apperçoit même dans ce tems-là de quelque intelligence entre Evagès & Basine, & les fait mourir tous deux. La place d'Evagès est donnée à Clodoade; un bruit court alors qu'il y a un fils de Childeric, ce qui cause des mouvemens parmi le peuple, que le Tyran craint avec raison; il charge Clodoade de poursuivre ce prétendu fils de Childeric. Clodoade le cherche, & on lui remet enfin l'enfant qui passe pour le fils de ce Roi. Clodoade touché de pitié, au lieu de le faire mourir, songe à le sauver; & comme il en cherche les moyens, le second fils de Gellon, dont il a soin, vient à mourir; il remet le fils qu'il croit appartenir à Childeric, à la place de ce second fils de Gellon, & porte au Tyran son propre fils, percé de coups & défiguré, en lui disant, que c'est là le fils de Childeric qu'il a trouvé, & qu'il a poignardé; ce qui lui gagne totalement la confiance & l'amitié de Gellon.

Clodoade a pris pour témoin de la supposition qu'il vient de faire, Sinnorix, qui est un homme attaché à Childeric, & qui devient ensuite un objet des fureurs du Tyran. Clodoade de plus a eu soin de prendre des attestations de Sinnorix. Enfin Gellon après quinze ou dix-huit années de régne, de trouble & de crainte, meurt. Clovis qui passe pour son fils aîné lui succéde, & Clodoade conserve auprès de ce Prince, la même place qu'il avoit auprès de son prétendu pere ; il a gagné déjà toute sa confiance. D'un autre côté, Childeric, qu'on croit avoir été immolé par Gellon, a été sauvé par le Chef qui le gardoit ; lequel, d'accord avec Evagès, l'a fait fuir, & a porté au Tyran la tête d'un de ses soldats qui venoit de mourir.

Childeric retiré dans la Turinge, s'est tenu caché sous un nom supposé, attendant toujours que quelque occasion favorable lui donnât les moyens de remonter sur le trône.

Evagès près de mourir, a chargé Lisois d'un paquet pour Childeric, dans lequel il lui envoie une lettre de la Reine Basine, qui atteste à son époux l'échange qu'Evagès a fait de leur fils avec le fils aîné de Gellon. Evagès apprend en même tems à Lisois que Childeric a été sauvé de la fureur de Gellon, & le presse de renouveller ses soins & son ardeur pour leur Roi malheureux. Lisois n'oublie rien pour en découvrir la retraite ; son zéle est inutile : lui-même a été envoyé en exil dans la Rhétie par Gellon, & n'est rappellé que par Clovis, dont la générosité fait grace à tous ceux que son prétendu pere a poursuivi.

Voilà, Madame, les faits antécédents à l'action de la Piece, & qui sont exposés avec un art infini, une Scéne n'apprenant que ce qu'il faut pour l'intelligence de celle qui la suit : Voici à présent l'action de la Piece, détaillée aussi-bien que j'en suis capable.

## PREMIER ACTE.

Clovis amoureux d'Albizinde, la presse de faire son bonheur par l'hyménée, les jours de deüil dûs à la mort de Gellon, qu'il croit son pere, étant passés. La Princesse refuse de consentir à cette union, ne voulant pas épouser le fils de celui qui a détruit toute sa maison, détrôné & fait mourir son Roi. Clovis se plaint des rigueurs d'Albizinde à Clodoade, qui veut porter le cœur de son maître vers un autre objet ; ce que Clovis rejette par devoir autant que par amour. Clodoade a fait prier Lisois, qui arrive de son exil, de venir chez lui ; Lisois y vient avec fermeté, prêt à subir la mort, plûtôt que de se démentir pour le sang de ses Rois. Il reproche à Clodoade le meurtre qu'on croit qu'il a commis en la personne du fils de Childeric. Clodoade s'en justifie, convainc Lisois qu'il a sauvé ce Prince, & lui persuade que Sigibert est ce même fils de Childeric qu'on croit avoir été poignardé par Clodoade. Ils apprennent tous deux à Sigibert ſa naiſſance, que Clodoade lui a caché juſqu'alors, ne la voulant déclarer qu'au moment propre à lui rendre le rang de ſes ancêtres. Liſois l'aſſûre que dès que les Français ſeront informés de ſa naiſſance, ils le remettront bien-tôt ſur le trône.

## SECOND ACTE.

La confidence que Clodoade vient de faire à Liſois, l'engage de remettre à Sigibert, comme à ſon véritable Roi, le dépôt dont Evagès l'a chargé pour Childeric, & par là Sigibert apprend qu'au lieu d'être fils de Childeric, ſuivant les aſſûrances de Clodoade & de Liſois, il eſt le fils aîné de Gellon, puiſqu'avant que Clodoade l'eût mis à la place du ſecond fils de Gellon mort, Evagès avoit déjà mis le fils de Childeric à la ſienne, & qu'il ne paſſoit pour fils de Childeric que par ce premier échange fait par Evagès. Mais prenant ſon parti en vrai Tyran, il ſe détermine à cacher ce ſecret qui n'eſt connu que de lui ſeul, & à ſe ſervir de l'erreur de Clodoade & de Liſois, pour ſe faire Roi, pour obtenir Albizinde qu'il aime, & pour faire périr le fils de Childeric, que Gellon ſon pere avoit ſi long-tems pourſuivi ſans fruit. Il déclare ſon amour & sa naissance à la Princesse, qui ne peut le croire fils de Childeric; mais il la jette dans une affreuse inquiétude, en lui disant que Lisois & Clodoade viendront lui attester son rapport. Clovis trouve son prétendu frere aux genoux d'Albizinde, & se confirmant dans les transports de la jalousie qu'il en a conçuë, il croit que Sigibert lui attire les mépris de la Princesse. Albizinde s'embarrasse peu de guérir ses soupçons, & lui dit seulement qu'elle n'aime point Sigibert; de plus, que, s'il faisoit éclater son courroux contre lui, elle prendroit son parti avec plus de vigueur qu'elle ne prendroit celui de son vainqueur. La jalousie de Clovis redouble, il veut faire arrêter Sigibert; Clodoade l'en détourne, & rappelle dans lui les sentimens de vertu & de générosité qui font son caractere distinctif. Clovis charge Clodoade de fléchir la Princesse, & Lisois vient apprendre à ce même Clodoade, que tout est prêt pour faire périr Clovis, & pour rendre la couronne au fils de Childeric; qu'il faut pour cela que sa Niéce feigne de consentir à épouser Clovis, & que ce sera dans le temple où elle viendra avec lui pour la cérémonie de cet hymen, que le fils de l'Usurpateur sera immolé. Clodoade prévenu par la jalousie de Clovis, que la Princesse aime Sigibert, croit qu'elle approuvera ce projet, & dit à Lisois, qu'après avoir amené ce

Prince auprès de lui, afin de le mettre en sûreté, ils se rendront chez la Princesse.

## TROISIE'ME ACTE.

Cependant Albizinde qui aime Clovis, & qui déteste Sigibert, se livre à la douleur que lui cause le devoir où elle se trouve de haïr celui qu'elle aime, & d'aimer celui qu'elle hait; lorsqu'on vient lui dire qu'un Etranger demande à l'entretenir. On introduit cet inconnu qui vient lui apprendre que Childeric n'est point mort, qui lui raconte comment Gellon a été trompé, & qui lui demande sa protection pour Childeric. Elle lui promet son appui avec les transports les plus vifs, & le fait éloigner pour entretenir Lisois & Clodoade qui arrivent. Elle veut savoir d'eux si ce que Sigibert lui a dit est vrai, & juger par la réponse, si elle doit leur confier le nouveau secret qui vient de lui être révélé. Ne trouvant dans leurs discours que les plus favorables dispositions pour leur vrai Monarque, elle appelle le témoin, qui est reconnu aussitôt pour Childeric lui-même par ces deux zélés sujets, & par consequent par sa vertueuse Niéce. Le Roi se livre à la joye de trouver des serviteurs aussi fidéles; il apprend encore avec plus de plaisir que son fils est vivant, & sort avec Lisois pour l'aller embrasser. Clodoade propose à la Princesse d'amener Clovis au Temple, ſous prétexte de lui donner la main, ajoûtant, qu'au pied des autels l'Uſurpateur trouvera la mort. Il ſe retire pour annoncer à Clovis la réſolution apparente où eſt la Princeſſe de l'épouſer. Renduë à elle-même, les horreurs de trahir ſon Amant ou ſon Roi, l'agitent tour à tour. Elle eſt dans cette accablante ſituation, lorſque Clovis, plein de joye, vient la chercher pour aller au Temple; elle tâche de feindre avec lui, ſes efforts ſont inutiles. Enfin, elle déclare à Clovis, qui la preſſe toujours de le ſuivre, que ſi ſon cœur fremit de cet hyménée, c'eſt parce qu'elle l'aime : celui-ci ne ſait que penſer du trouble d'Albizinde. A l'inſtant on vient lui apprendre qu'il eſt arrivé un Etranger qui conſpire contre lui, & qui paroît être d'intelligence avec la Princeſſe. Clovis donne ordre qu'on le cherche & qu'on l'arrête.

## QUATRIE'ME ACTE.

Albizinde au déſeſpoir d'avoir dit ſon ſecret à Clovis, croit que l'aveu de ſon amour eſt cauſe que Childeric a été arrêté ; determinée à tout entreprendre pour obtenir ſa liberté, elle preſſe Sigibert d'armer tous ſes amis pour l'arracher des mains de Clovis, tandis qu'elle va prendre la défenſe de ſon Oncle, ſans le nommer, ou mourir avec lui, ſi elle ne peut le ſauver. Sigibert avec Valamir ſon confident, laiſſe voir ſa fureur contre Childeric; il apprend qu'il a fait avertir Clovis de l'arrivée de cet Etranger, & ajoûte que Clovis ayant déjà fait éclater ſon courroux, il aura ſoin d'accroître ſa fureur, en lui faiſant ſavoir que l'inconnu eſt Childeric, qui venoit pour le détrôner: héritier du ſang & des fureurs de Gellon, il ſe flatte qu'il ſe défera ainſi du pere par le fils, & qu'enſuite il armera les amis de Childeric pour perdre Clovis; mais il ſe réſout à immoler l'un & l'autre de ſa propre main, plûtôt que de voir avorter ſon deſſein. Clodoade lui vient dire que tous leurs amis ſont prêts pour délivrer Childeric, & le preſſe de les aller joindre. Clovis preſcrit à Clodoade d'arrêter Sigibert, au moment qu'Albizinde vient demander à ſon Amant la grace du captif. Clovis paroît diſpoſé à l'accorder, mais il veut ſavoir le détail de la trahiſon, être informé de la naiſſance & du rang de cet Etranger. La Princeſſe n'oſe rien déclarer, & tout ce qu'elle obtient eſt d'entretenir le captif, dont Clovis promet la grace, ſi elle conſent enfin de contenter ſon amour par un hymen. Albizinde s'accuſe envers Childeric, & lui avouë que l'amour qu'elle reſſent pour Clovis eſt cauſe de ſon malheur: elle veut engager Childeric à lui permettre de recourir aux bontés, aux vertus de Clovis, dont elle ſe promet des preuves héroïques.

Childeric s'offenſe de pareilles propoſitions, & de moyens auſſi honteux pour ſa gloire ; il ajoûte que la reſſource qui reſte à ſon courage, eſt de mourir en Roi, & ſort en diſant, qu'il mourroit de honte de voir ſon ſang brûler d'une flamme ſi indigne. La Princeſſe ſuit ſes pas, réſoluë de mourir avec lui.

## CINQUIE'ME ACTE.

Nous voici, Madame, arrivés au cinquiéme Acte, qui a enlevé les ſuffrages des plus difficiles. Clovis ordonne qu'on aille chercher la Princeſſe, & qu'on améne le captif ; il ſe ſent des mouvemens extraordinaires pour lui, quoiqu'il n'ait fait que l'entrevoir. On l'améne, & le trouble de Clovis redouble à ſon aſpect : Childeric, de ſon côté, ſent dans ſon cœur pour Clovis des agitations qu'il n'avoit pas éprouvé pour celui qu'on lui a préſenté comme ſon fils. Clovis lui demande ſon nom, ſon rang, ſon pays, il ne peut ébranler la fermeté de Childeric par les menaces ni par les careſſes. Clovis, outré, fait un vain effort pour ſe déterminer à l'envoyer au ſupplice ; on lui apporte en ce moment une lettre qui l'inſtruit que cet Inconnu eſt Childeric. On voit bien que l'avis vient de la part de Sigibert ; il donne l'écrit à lire au Priſonnier, & lui demande enſuite s'il eſt vrai qu'il ſoit Childeric : celui-ci répond, qu'il ne doit pas recourir à un mensonge digne d'un malheureux abattu par la crainte ; il reproche avec feu à Clovis, l'usurpation, la tyrannie, les fureurs de Gellon, & le presse d'ordonner sa mort, couronnant sa constance par ces héroïques paroles...

*Du fils de mon Tyran que dois-je encore attendre ?*

A quoi Clovis fait cette sublime réponse:

*Le Trône... Il t'appartient, & je dois te le rendre.*

Il détache les fers de Childeric, lui jure fidélité, & se jette à ses pieds. La Princesse le trouve dans cet état, & Childeric lui apprend la grandeur d'ame de Clovis ; elle en paroît moins surprise que touchée, n'ayant, dit-elle, pas moins espéré de Clovis, qui reproche tendrement à sa Maîtresse, de ne lui avoir pas plûtôt donné les moyens de faire triompher ses sentimens. On annonce à Clovis que tout est en armes contre lui, & que son palais est prêt à être forcé par son propre frere, Clodoade & Lisois. Childeric le prie de le suivre, & promet d'appaiser bien-tôt ce trouble. Clovis sort pour le reconnoître aux yeux de tous les Français. La Princesse n'ose s'abandonner aux transports que doit lui inspirer la générosité de son Amant ; elle craint trop pour ses jours. Dans cette incertitude, Lisois survient ; il raconte que Childeric s'étant avancé avec Clovis vers les peuples armés pour leur Roi, & leur ayant appris la belle action de Clovis, Sigibert s'étoit élancé pour percer le sein de Clovis; que Childeric ayant voulu parer le coup, l'avoit reçû, & qu'en même temps Clovis avoit renversé à ses pieds Sigibert qui avoit déclaré en monrant, que Clovis étoit fils de Childeric, & que lui étoit fils de Gellon, ce qu'il ne devoit plus taire, lorsque sa mort alloit donner à Clovis la preuve de sa naissance. Enfin, Childeric vient mourir sur le Théatre dans les bras de son fils, & consoler lui-même la Princesse; il n'est occupé que de la joye d'embrasser un fils si généreux, & de lui avoir sauvé la vie; &, l'exhortant à rendre son nom fameux, il lui dit de rétablir dans les Gaules une Monarchie qui immortalise sa mémoire, & dont les Rois soient toujours les arbitres de la guerre & de la paix. Il n'oublie pas, en s'adressant à Lisois, de donner un coup d'encensoir à l'illustre maison de Montmorency qui descend de ce Seigneur. Il expire en embrassant la Princesse & Clovis.

Je ne doute point, Madame, que ce simple Extrait où je n'ai fait que suivre rapidement l'action, ne vous donne une forte envie de voir une Piece si bien imaginée, si bien conduite, & si intéressante. Pour moi, j'ai senti toutes les passions que la représentation d'une belle Tragédie doit inſpirer. Pitié, terreur, élévation de l'eſprit, artendriſſemens du cœur; j'ai paſſé ſucceſſivement d'un de ces ſentimens à l'autre : auſſi ne puis-je revenir de l'étonnement où je ſuis, de voir une quantité formidable de Critiques s'élever contre cet ouvrage. Ce n'eſt ni la partialité, ni la complaiſance qui me font parler, mais j'ai droit de dire mon ſentiment ſans mériter le blâme de perſonne. Permettez-moi, Madame, de vous rapporter les principales objections qui ſont venuës à ma connoiſſance, & de prévenir par des raiſons qui les détruiſent ſans retour, la mauvaiſe impreſſion qu'elles pourroient faire ſur vous, ſi les préjugés vulgaires avoient quelque droit ſur un eſprit philoſophe.

La premiére & la plus générale, c'eſt l'obſcurité des deux premiers Actes. Mais, quoiqu'on en puiſſe dire, je ne conviendrai jamais de ce défaut. Une Piece peut être très-complexe, & n'être point obſcure, ſi les faits y ſont expoſés peu à peu, ſimplement & ſans aucun détail inutile : c'eſt ce que j'oſe dire avoir été rempli par l'Auteur de Childeric. A la fin du premier Acte chacun croit que Sigibert eſt fils de Childeric, & que Clovis eſt fils de Gellon; on voit deux ſujets zélés s'intéreſſer pour un Prince qui paroît, dès les premiers vers qu'il dit, dévoré d'une ambition démesurée; on les voit conspirer contre un Roi vertueux, dont les sentimens intéressent dès le premier abord. On est fâché en un mot que ce Sigibert soit fils du vrai Roi, & que Clovis ne doive le jour qu'à un Tyran. On ne s'attend pas au grand coup que l'erreur de Clodoade produit sur Lisois, qui, convaincu que Sigibert est son vrai maître, lui remet le dépôt important par où Sigibert lui-même apprend la méprise de Clodoade, & découvre au spectateur, avec un art qu'on n'a jamais vû sur le Théatre, ce qu'il est nécessaire qu'il sache, c'est-à-dire, que Clovis est le vrai fils de Childeric, & que Sigibert est le fils de Gellon. Les vers qui expliquent ce double échange, sont si clairs, qu'il faut fermer les oreilles pour ne les pas entendre. Sigibert réfléchissant sur le paquet qu'il vient de recevoir, dit en termes clairs & précis : *Je fus changé deux fois par mes deux Gouverneurs. J'étois l'aîné des enfans de Gellon. Evagès par le premier échange, donna mon nom avec ma place au fils de Childeric, ce qui me faisant passer pour fils de ce Roi, l'on alloit, sous ce titre, me livrer à la mort, lorsque, par un second échange, on m'a remis à la place de Sigibert qui venoit de mourir.*

Pour moi je ne sais, Madame, où est l'obscurité que l'on trouve dans ce récit; mais c'est ici où j'admire l'art de l'Auteur, qui ayant prévû la peine que les Français, trop vifs, auroient

auroient de se prêter à l'attention qu'il demandoit d'eux ; & connoissant d'ailleurs, que pour avoir du plaisir à la représentation de sa Piecé, il suffisoit de savoir lequel des deux Princes étoit le véritable fils du Roi, fait dire à Sigibert, après avoir expliqué l'énigme, que le fils de Childeric n'est autre que Clovis, & que lui, est le véritable fils de Gellon. Encor une fois, ne faut-il pas *s'assourdir* soi-même, pour vouloir trouver de l'obscurité dans cette exposition. Qu'on convienne de bonne foi, que l'exposé d'Héraclius est cent fois plus embroüillé ; & si l'on a toujours regardé l'Héraclius comme le chef-d'œuvre de l'esprit humain, pourquoi refusera-t-on à l'Auteur de la nouvelle Tragédie, les applaudissemens qu'il mérite, pour avoir osé, après l'inimitable Corneille, non seulement entreprendre une Piece dans le goût de ce grand Homme, mais pour y avoir mis des beautés du premier ordre, & l'avoir conduit avec tout l'art qu'un Auteur consommé au Théatre auroit à peine, sans qu'on puisse lui reprocher d'avoir rien pris du dessein, des situations, ni des intérêts de son modéle ? Quel surcroît d'intérêt ne produit pas alors la détermination de Sigibert, de cacher le secret, & de perdre Clovis ? Monsieur de Morand, par une invention sans exemple, met les seuls spectateurs dans sa confidence, tandis que les personnages abusés agissent contre leur propre intention, & que Sigibert qui posséde seul le secret, va droit à son but, mais par des voyes qui font trembler le spectateur.

On passeroit ce double échange, ont dit quelques Critiques, s'il étoit absolument nécessaire, mais il y en a un qui est sûrement inutile. C'est ce qu'on leur niera tant qu'ils ne montreront pas la ressource de leur génie à simplifier ce fait, sans changer les grandes situations de la Piéce. C'est-là un propos hasardé, & qu'on peut regarder comme tel, jusqu'à ce que la question de fait qu'il contient, soit démontrée.

La troisiéme objection, Madame, est sur l'arrivée du Roi, qui vient trop témérairement, à ce qu'on a prétendu. Mais quelle est donc la témérité de ce Roi, qui ayant attendu la mort de Gellon, & que la Princesse sa niéce fût en âge de lui prêter du secours, vient avec toutes les précautions possibles, s'adresser à elle en inconnu, pour sonder ses dispositions en faveur de Childéric? A-t-il une voye plus naturelle & plus simple pour former une conspiration contre le fils de Gellon, qu'il croit un jeune homme, dont la puissance ne doit pas encore être bien affermie? Il doit craindre du moins d'être découvert, ajoûte-t'on, & puisque Clodoade & Lisois le reconnoissent & se jettent à ses genoux dès le premier abord ; pourquoi d'autres Courtisans ne le reconnoîtront-ils pas ?

La réponse à cette objection est dans la Piece même, & est encore un effet de l'art du Poëte. Ce qui fait que le Roi est reconnu par les deux conspirateurs, c'est qu'ils sont prévenus par Albizinde qu'il est vivant, & qu'un homme arrivé de sa part doit leur en donner des nouvelles. Alors ses traits les frappent : Pour ceux qui sont persuadés qu'il ne vit plus depuis 15 ou 18 ans, se garderont bien de soupçonner, même en reconnoissant des traits semblables aux siens, que c'est lui-même qui se présente à leurs yeux. Sur quelques traits ressemblans d'une personne qu'on a connu & qu'on a vû mourir, on ne s'imagine pas que les morts reviennent du tombeau, & l'on est bien plus porté à croire que c'est un homme qui ressemble à celui qu'on compte perdu, que de penser que c'est le mort lui-même ! Si l'on examinoit avec cette rigueur la présence de Rhadamiste dans la Cour de son pere, que n'auroit-on pas à dire ? Aussi repliquera-t-on ; l'on a condamné la témérité de Rhadamiste ; Eh bien, la situation de Childeric est toute differente, & il ne vient qu'en secret chez une niéce, où il compte être caché, jusqu'à ce que ses projets puissent éclater avec sûreté.

Quatriéme grief. Car, Madame, on épluche tant qu'on peut dans ce monde ceux qui courent la carriere épineuſe du Théâtre. On vétille ſur tout en fait d'ouvrages d'eſprit, & c'eſt en effet le principal apanage du Public littéraire. On reproche donc à l'Auteur, d'avoir fait mourir Childeric, & l'on dit qu'il auroit bien mieux valu expoſer Sigibert mourant aux yeux du ſpectateur, qui auroit déclaré ſur le Théatre ſon ſecret. Pour cet article, on ſçait, ſans en pouvoir douter, qu'il n'y a point de moyen que M. de Morand n'ait pris pour atteindre au dénouëment le plus heureux ; mais les Comédiens ont été obſtinés à vouloir qu'il ſe fiſt par la mort du Roi. Ces Meſſieurs ont crû que ce pere mourant pour ſauver la vie à un Héros, tel que Clovis, & qui ſe trouve ſon fils ; que la joye de Childeric à la vûë d'un fils ſi généreux & ſi grand, que les regrets de Clovis & d'Albizinde produiroient un effet plus attendriſſant que toute autre cataſtrophe, & je crois qu'ils ont eu raiſon.

D'ailleurs, j'ai trouvé plus de perſonnes qui l'approuvoient, que de celles qui la blâmoient. Le parfait bonheur de Clovis & d'Albizinde conſole de la perte du Roi, & ne laiſſe pour ainſi-dire rien à déſirer au ſpectateur attendri & content.

Sans me mêler autrement de Poëſie, quoique je ne ſois pas trop initié aux myſteres des neuf sœurs, & que je sois peu propre à juger du langage des Dieux, moi qui ne suis qu'un chétif mortel, j'oserois bien pourtant justifier la vérsification de cette Piéce, contre un nombre infini de personnes, qui admirateurs nés des vers qui font beaucoup de bruits, vuides de sens, & qui n'ont d'autre mérite que le boursouflé, ne peuvent se satisfaire d'une versification douce mais noble, simple mais harmonieuse; d'une justesse de dialogue qui fait presque toujours prévoir aux personnes de bon sens, la réponse que fera celui qui va parler. Ces Aristarques ne veulent que des détails mal placés, des descriptions poëtiques, des pensées hasardées, & font peu d'attention aux beautés réelles & solides qu'on doit admirer dans l'arrangement d'un Poëme, dans la relation de ses parties, dans la netteté de l'expression, enfin, dans cette noble simplicité dont on s'écarte par tout. Le mépris qu'on en fait entraînera la ruine du bon goût, & insensiblement celle des beaux Arts.

Je n'ai pas assez de mémoire pour vous citer, Madame, un nombre infini de beaux vers, tirés de cette Tragédie, qui m'ont frappé, & qui vous frapperoient sans doute. Vous jugeriez par ces dignes échantillons, que s'il se peut trouver quelques morceaux négligés pour la versification, ce sont sans doute de ces endroits ſur qui ſeront tombées les corrections faites par l'Auteur à ſon Ouvrage. On ſçait ce fait, & j'en pourrois citer des témoins oculaires. Quand on ne verſifie pas dans le feu de la compoſition, & que ce n'eſt que pour redreſſer certains endroits défectueux par le fond, il eſt poëtiquement impoſſible de compoſer des vers auſſi forts & auſſi bien tournés que ceux que dicte l'enthouſiaſme poëtique.

Néantmoins, Madame, ma mémoire n'eſt pas ſi ingratte que je le penſois; je me rappelle à propos pluſieurs traits du grand Sublime, qui brillent dans ce Poëme. Ceux qui ont écrit ſur cette matiére, l'Abbé d'Aubignac, Deſpréaux, & les autres, en auroient trouvé plus d'exemples tirés de cette ſeule piéce, qu'ils n'en ont pû extraire de pluſieurs célébres Tragédies. Souffrez, Madame, que j'en décore cette Lettre, & que je prévienne le plaiſir que vous aurez à les lire dans la Piéce même. Je vous dédommage par-là de l'ennui d'une fatiguante Lettre, tracée à la hâte, & dictée par la néceſſité embaraſſante, où, tout mauvais Proſateur que je ſuis, je me trouve réduit de vous mander de Paris les nouvelles & les diſſentions litteraires.

Dès le premier Acte, Clodoade répondant à Liſois, qui lui reproche d'avoir fait mourir le fils de Childéric, lui dit....

*Si je l'avois sauvé, s'il respiroit encor,*
*Ce Fils! Que dirois-tu?*

Lisois lui réplique....

*Que tu fis ton devoir.*

Dans le second Acte, Sigibert se disant fils de Childéric à Albizinde, elle reprend avec mépris....

*Vous fils de Childéric! Non, il n'est pas possible!*

Dans le troisiéme Acte, Childéric demandant à Lisois & à Clodoade, ce qu'ils pourront faire pour lui; Clodoade répond....

*Ce que pour votre fils nous allions entreprendre.*

Dans le même Acte, Albizinde pressée par Clovis de venir au Temple pour l'épouser, où elle sçait qu'il doit être assassiné, elle lui dit enfin....

*Si mon cœur en frémit, c'est parce qu'il vous aime.*

Dans le quatriéme Acte, Clovis pressant la Princesse de lui déclarer quels sont ses ennemis, elle lui répond noblement...

*Les vrais Français.*

Dans le même Acte, Childéric disant qu'il est encore une ressource pour sa gloire, &

la Princesse répondant *eh quoi ?* le Monarque réplique ....

*Mourir en Roi.*

Enfin, dans le cinquiéme, Clovis voulant faire éprouver à Childéric des tourmens, pour arracher son secret, après avoir dit à ses Gardes ....

*Qu'au milieu des tourmens on l'oblige...*

Voyant avancer les ministres de sa fureur, il s'écrie tout à coup ....

*Arrêtez.*

Plus bas est *le Thrône* que j'ai cité plus haut. Ce mot me paroît au-dessus du *qu'il mourut*, du *moi*, du *l'admirer*, parce qu'il renferme non-seulement un sentiment aussi beau que tous ceux-là, mais de plus une action qui est le plus grand triomphe de la vertu : les autres ne donnent rien, & celui-ci donne tout. Dans la même Scene, Clovis ayant témoigné à Childéric qu'il n'avoit point hérité des fureurs du Tyran dont il avoit reçû le jour, Childéric l'embrassant à ses genoux, lui dit ....

*Ah ! tu n'es point son fils.*

Tous ces traits là, Madame, sont sans contredit du vrai sublime, & comme ils sont presque

presque chacun dans un genre de sublime different, on peut dire que dans cette Piece on trouve des exemples de tous les genres de sublime.

Pendant que je tiens la plume, il ne me coûtera pas plus de justifier mon Auteur sur un reproche qui devroit peu toucher un Poëte; mais lorsqu'on peut confondre l'envie & la malice, doit-on se refuser un plaisir si doux? On l'accuse d'avoir peu suivi l'Histoire, ou plûtôt de l'avoir totalement laissé à côté. Et depuis quand les Poëtes se sont-ils piqués d'être Historiens?

Il ne leur est pas permis sans doute de changer certaines circonstances dans des sujets connus & consacrés par l'Histoire: Ainsi un Poëte qui feroit mourir César après Pompée, qui feroit un lâche d'Alexandre, un cruel de Titus, & un Roi fainéant de Charlemagne, mériteroit sans doute d'être sifflé généralement. Il est même de certains Anacronismes qui marquent l'ignorance de l'Auteur. (*Des hommes exposés dans le Cirque sous le régne des Empereurs chrétiens!*) Or, qu'a fait celui de Childéric, que les Poëtes les plus scrupuleux pour l'Histoire n'ayent fait avant lui?

Childéric a été chassé de son Royaume, Gellon s'est emparé de sa Couronne; Childéric a resté des années entieres dans la Thuringe. Enfin, par l'entremise de Guiomans ou Guiomade qui avoit feint d'être attaché à Gillon, il est remonté sur son Thrône. Il est vrai qu'il a regné encor quelques années après son retour.

Je ne dirai point que le P. Daniel prétend que tous ces faits sont faux, puisque tant d'autres Ecrivains les rapportent ; du moins puisqu'ils sont contestés par un de nos plus savans & de nos plus fidels Historiens ; un Poëte doit-il en avoir plus de liberté pour les arranger à son gré. Ainsi M. de Morand a supposé que Gillon, qu'il appelle Gellon pour éviter la mauvaise plaisanterie de *Gilles*, *Gillon* ; étoit un Tyran qui a détrôné & voulu faire périr Childéric ; que Childéric a été sauvé par un bon sujet ; & qu'il revient après la mort de son Tiran pour rentrer dans ses Droits ; que Guiomade, qu'il a crû encore devoir appeller Clodoade, pour ménager les oreilles délicates, s'est intéressé pour lui, & qu'il est remonté sur son Trône par la générosité de son propre fils ; au lieu d'en donner tout le succès à Guiomade ; n'est-ce pas là une Histoire bien alterée ?

Il a allongé le tems de l'exil du Roi, & au lieu de le faire régner longtems après son retour au Trône, il le fait mourir en sauvant la vie à son fils ; cela est-il moins pardonnable que de faire mourir Jocaste sur le Théatre, après avoir reconnu Oedipe pour son fils, quoiqu'on sache qu'elle a vécu longtems après?

Enfin, Clovis n'a-t-il pas tué de sa propre main le fils de Gillon, nommé Siagrius, que pour les raisons déja énoncées il a changé en celui de Sigibert: l'incertitude même de la naissance de Clovis n'est-elle pas un fait historique? Je l'avance avec preuve; il y a peu de Tragédies où il y ait plus d'historique que dans celle-ci. L'Auteur n'a pris que des libertés accordées de tous tems aux Poëtes, d'approcher, de reculer, d'allonger les évenemens, pourvû qu'il ne les change pas au point qu'il fasse vivre ensemble des personnes qui n'ont existé que dans des Siécles differens; & si les libertés poëtiques peuvent même s'étendre, c'est sans doute lorsqu'on prend des sujets d'une Histoire peu connuë, ou fabuleuse par elle-même.

Voilà, Madame, ce que j'ai crû devoir vous apprendre au sujet de la Tragédie nouvelle. Je ne releverai pas la mauvaise humeur de ceux qui ont osé attaquer le caractere de Clovis. Des Vertus aussi grandes que les siennes les ont sans doute revoltés autant qu'elles ont irrité Sigibert. Dans le grand nombre des Auditeurs, il s'en trouve plusieurs qui n'aiment que les Piéces où la corruption des mœurs & le Déisme triomphent.

A Dieu ne plaise que je souhaite des succès

à ce prix au jeune Auteur de Childéric. Il prend une route qui lui assûrera du moins l'estime & l'admiration des honnêtes gens, s'il ne peut obtenir le suffrage de ceux que la mode & la prévention déterminent. Le Théatre est établi pour épurer les mœurs, non pour les corrompre: De même qu'un Auteur comique charge le ridicule qu'il attaque, ainsi le tragique doit-il charger les vertus qu'il veut faire aimer.

Il me semble que telle est l'idée de notre Auteur, & qu'il tâche en cela d'imiter son grand maître. C'est en suivant de pareils modeles qu'on est assûré de se faire beaucoup d'honneur, même en échoüant. Je ne crains point, Madame, d'en dire trop sur cette matiere; c'est de vous que je tiens ces sentimens, & c'est par eux que vous vous distinguez d'une façon superieure parmi les personnes de votre sexe.

J'ai l'honneur d'être avec le plus profond respect,

Madame,

*VOTRE, &c. P****

*P. S.* J'allois cacheter ma Lettre, Madame, lorsqu'il m'est revenu un autre chef d'accusation qu'on intente à mon Auteur: nouvelles procedures à faire, mais j'abrege en deux mots; On dit que la situation de son Héroïne, obligée de conduire ſon Amant au Temple pour y être immolé, ou de trahir ſon Roi, eſt priſe d'Electre. Je vous avouë que je n'avois pas été frappé de cette reſſemblance; mais quoiqu'il y ait quelque choſe d'approchant dans Electre, avec bien des differences, je crois que le plus grand honneur qu'on puiſſe faire à M. de Morand, c'eſt de rappeler cette idée. La ſituation d'Albizinde me paroît plus intéreſſante que celle d'Electre, & elle produit un effet plus ſurprenant: d'ailleurs je ſuis perſuadé que le jeune Auteur de Childéric, malgré cet avantage, n'a pas eu envie de lutter contre un Homme illuſtre, dont il reſpecte la perſonne, & eſtime les talens. C'eſt ainſi que quelque fois l'envie & la malice prêtent des armes contre elles-mêmes, & travaillent à la gloire de ceux qu'elles veulent détruire.

*A Paris ce Lundy 7e. Janvier 1737.*

*La Tragédie de Childeric a été repréſentée à la Cour il y a quelques jours, & a reçû tous les applaudiſſemens imaginables. Elle va paroître inceſſamment avec une Epitre dédicatoire A LA REINE.*

FIN.

L'Approbation & le Privilege ſont au Glaneur.

www.ingramcontent.com/pod-product-compliance
Ingram Content Group UK Ltd.
Pitfield, Milton Keynes, MK11 3LW, UK
UKHW020512230726
13925UKWH00005B/2144

9 782014 057614